Podría ser que una vez...

MONTAÑA
ENCANTADA

Hilda **P**erera

Ilustrado por Lulu Delacre

Podría ser
que una vez...

Coordinación Editorial: Ana María García Alonso
Maquetación: Cristina A. Rejas Manzanera

Diseño de cubierta: Jesús Cruz

© Hilda Perera
© de las ilustraciones, Lulu Delacre
© EDITORIAL EVEREST, S. A.
Carretera León-La Coruña, km 5 - LEÓN
ISBN: 84-241-3274-2
Depósito legal: LE. 29-2000
Printed in Spain - Impreso en España

EDITORIAL EVERGRÁFICAS, S. L.
Carretera León-La Coruña, km 5
LEÓN (España)

KILO

En Santo Domingo, con sus ocho años, Kilo vendía coquito acaramelado o maní en cucuruchos, cambiaba globos por botellas o limpiaba zapatos a diez centavos el par. O –y esto sólo si tenía mucha hambre y había entrado barco de turistas– buceaba las monedas que bajaban destellando, en las oscuras y aceitosas aguas del Puerto.

Pero nada de esto le impedía –cosa muy de niños y grandes– soñar, que además es gratis.

Kilo soñaba sueño difícil para niño pobre de ciudad: tener un caballo vivito y coleando y todo suyo. Cada vez que hacía un trabajo pagado, separaba dos o tres centavos, porque a los sueños hay que ponerles escalera para que bajen. Y como son más divertidos si se comparten, un día va y se lo cuenta a la madre:

—Oye, mira, me voy a comprar un caballo.

La madre, que está cansada de lavar, deja la plancha y lo mira.

—¿Caballo de qué muchacho? ¿Tú estás loco?

—Caballo marrón, para montarlo al pelo, mima.

—Pero muchacho, ¿qué caballo de mis culpas? ¿Tú sabes lo que cuesta un caballo? Comprarlo solamente, lo menos cincuenta pesos. Mira a ver tú ¡cincuenta pesos! ¡casi lo que gana tu padre! ¿Vamos entonces a comer caballo? Además, ¿a dónde lo vas a meter? ¿Tú no estás viendo que en el cuarto no cabe un caballo? ¿Y qué le vas a dar? ¿Le vas a dar harina a un caballo? ¡No lo pienses, muchacho! ¡Caballo! ¡Dime tú, caballo a estas horas!

"Es verdad" piensa Kilo. "¡En el cuarto no cabe un caballo y un caballo no come harina! No puede ser caballo."

Desde entonces, Kilo cambia para perro.

Y sueña con un perro grande como esos que ha visto por los jardines lujosos. Un perrote de orejas cortadas y patas finas. Casi un caballo.

—Oye, vieja, estaba pensando después de ayer, que en vez del caballo me compro un perro. De esos grandotes; un perro fino va a ser.

—Vete primero al carnicero a ver qué come un perro de ésos.

Kilo se va a la carnicería.

—Oye, Venancio, ¿cuánto de carne se come un perro de esos grandes?

—Bueno, hay una señora que todos los días manda a buscar tres libras de picadillo

de primera y dos litros de leche para un bóxer que tiene.

—¡Tres libras de carne diaria! ¡Si toda la familia junta a veces no ve tanta carne en toda la semana! No puede ser un perro fino.

"Tendrá que ser un perro sato. Un perro sato, chiquito, que después de todo, son más amigos, y siguen a su amo y se puede vender coquito o limpiar zapatos y cuidar el perro y entretenerse uno al mismo tiempo."

"Sí señor, perro sato."

—Oye vieja, ¿sabes lo que estuve pensando? ¡Que en vez de perro fino, lo que quiero es un perro sato!

—Mira, mi hijo, yo no quiero perro sato. Después es la mordida, y la rabia y la discusión y la policía y las pulgas. ¡Como si no tuviera yo bastante con la lucha que tengo! ¿De contra me vas a traer perro sato?

Kilo miró a la madre muy serio. La verdad es que con planchar y lavar y zurcir y cocinar ya tenía bastante la pobre.

—Está bien. Está bien. Olvida lo del perro sato.

Kilo está unos días piensa que piensa: "mascota que no coma carne y que no dé trabajo… Pero tiene que ser algo que se pueda cargar y que juegue y que acompañe." Y se tropieza un día con un gato flaco de rabo parado como antena. Y carga con gato y maullido, muy contento.

Primero averigua: un gato lo que toma así chiquito es un poquito de leche. Y él puede compartir la suya. Decidido. Se lo lleva a la casa. ¡Qué bien! Es un gato de ojos azules, gato que ronronea, que maúlla, que pasa acariciando entre las piernas. Michu le va a decir.

—Oye, vieja, mira lo que te traigo.

—¡Oye, tú, procura que sea macho! —amenaza la madre, cuando ve al gato—. Yo no voy a tener un chorro de gatos en menos que canta un gallo. Si es hembra, fuera gato.

Pero la madre no sabe cómo se averigua y por fin viene el padre y Kilo espera, con los ojos ansiosos.

—Es hembra, Kilo. No, no puede ser. Cuando vienes a ver, tenemos gato hasta en la sopa. Todos los meses las gatas tienen como cien gatos —exagera el padre.

Kilo lo mira muy serio. "No, a la verdad que cien gatos es mucho gato. No puede ser."

Ahora sí que Kilo no se hace más ilusiones. "Se acabó el sueño del caballo y el perro y el gato. Hay que andar solo. Pudiera ser lagartija… ¿Pero quién quiere lagartija?"

"Para jugar un rato está bien. Para mirarlas cómo se mueven despacio y se tragan el aire de pronto, está bien. Además, que tienen mal genio las lagartijas. Sapo tampoco, ¿quién quiere sapo? ¡Tan fríos! ¡Tan mojados siempre! Y los saltos que dan. No."

Luego son los sustos y los chillidos. Y tampoco va a seguir soñando para que luego no pueda ser y venga el desconsuelo.

Un día, pasando por la Avenida grande, Kilo vio a un hombre que vendía tortugas chiquitas.

—Oiga señor, ¿qué come una tortuguita de ésas?

—Pedacito de carne, pan, cualquier cosa. La tortuga es un animal muy considerado.

Kilo va y viene pensando. "Tortuguita no ronronea, y no maúlla, y no ladra, ni se puede sacar a paseo. Y tiene los ojos saltones y saca la cabeza y el cuello lo tiene rugoso, y parece piedra cuando se está quieta. Pero, por lo menos, no son cien como los gatos, ni come tanta carne como los perros, ni cuesta como un caballo, ni tampoco llega a ser lagartija o sapo."

"Pues sí señor, tortuguita. Eso mismo."

En cuanto limpia tres pares de zapatos, Kilo se va adonde está el hombre con la palangana, en la Avenida grande, compra la tortuga más chiquita y más verde y la mete en un cartucho con dos huecos para que respire. Después se pasa el día trabajando y a cada rato coge el cartucho y siente el ronroneo de las paticas: allí está, cosa suya, esta tortuga verde, achinada, de patas resbalosas.

¿Y si le ponen pero a la tortuga? Kilo le acaricia la barriguita. La tortuga come carne o pan o lo que sea, y no son cien, y no ladra, ni coge rabia, ni son las discusiones y la policía y las pulgas.

Por fin Kilo llega a casa. Se para delante de la madre y esconde el cartucho apretado con las dos manos, a la espalda.

—Vieja, ¿y tortuga?

—¿Tortuga de qué, muchacho? ¿De qué tú estás hablando?

Kilo aguanta la respiración y dice bajito, con miedo:

—Que si puede ser tortuguita…

La madre lo mira y sonríe de pronto, toda soleada de ternura.

—Tráela para acá, muchacho. Si casualmente estaba mirando yo la palangana vacía y me decía: "¡qué falta hace en esta casa una tortuguita!"

VILLA CHECHÉ

Había una vez, junto a un camino abandonado, una casita grandísima, donde no vivía absolutamente nadie. Muchos decían que la habitaban fantasmas. Algunos le pusieron "la casa del loco" y contaban mil historias raras de cosas que habían pasado en ella. Nadie quería acercárse, por si acaso. Si se le rompía una ventana, no había carpintero que viniera a arreglarla.

Y las enredaderas iban creciendo y cubriéndola toda de sombra y olor de flores. *Villa Che-*

ché que así se llamaba, se sentía sumamente sola, porque no hay nadie más amiguita y hospitalaria que una casa.

Un día, al atardecer, estaba Villa Cheché en plena tristeza, cuando pasó por allí un grillo. Era un grillo de los que caminan en dos patas y usan chaleco y bombín. Se llamaba Sebastián y tenía un hambre horrible, pero, muy educado al fin, la pasaba en silencio. Nadie hubiera sabido que la tenía, si no fuera porque se ponía cada vez más flaco y más pálido, cosa que en los grillos verdes, es de extremada gravedad. Sebastián había estudiado para abogado, porque su tío, el notario, un grillo gordo, verde esmeralda, pensaba morirse y dejarle la notaría. Pero Don Grillo tuvo la poca consideración de curarse de todos sus males y al seguir viviendo trastornó los planes de Sebastián, que hizo todo lo que pudo para abrirse paso.

Estudió leyes, puso oficina, y a todos decía:

—Sebastián Grillo, doctor en Derecho Público, para servirle.

Pero ni eso valía. Ni las tarjetas que mandó hacer con su nombre y dirección.

Nada. No había manera que le apareciera un trabajo. Por todo lo cual, un día decidió irse a buscar fortuna y es entonces que lo vemos pasando, medio vivo y medio muerto, frente a la casa vieja. Ésta lo saludó diciéndole:

—Hola, ¿qué tal, Sebastián Grillo? ¿Por qué traes esa cara de velorio?

—¡Ay, señora mansión amiga! Porque ni como, ni duermo, ni cobro sueldo. Y porque mi tío el notario nunca llegó a morirse, y porque de nada me sirvieron todos los años que estudié, ni ser doctor en leyes, ni las tarjetas que mandé hacer, ni este levitón tan elegante que llevo y porque ni me dieron el puesto que me habían prometido.

—¡Ave María, hijito! ¡Cuántas desgracias juntas! Vamos, vamos, que tienes un verde pálido que da miedo. Entra por la verja del frente, te sientas a la sombra, coges agua fresca del pozo que hay en el patio y si te apetece, te comes todas las moscas y mosquitos que hay aquí dentro.

—¡Ay, señora qué amable es usted! —dijo Sebastián Grillo frotándose las dos patas delanteras. En seguida entró en la casa y quitándose el levitón, se sentó en la sombra, se comió cuatro o cinco mosquitos y luego se puso a chirriar de gusto.

Sebastián Grillo se quedó definitivamente instalado en la casa; colgó su título de doctor

en leyes en la sala y todos los días, cuando caía la noche, se ponía a hablarle a Villa Cheché de sus planes para el día en que fuera notario. Así pasó el tiempo y los dos estuvieron contentos.

Una vez estaba Sebastián Grillo metido en una hendija del techo del portal, cuando oyó un quejido que daba lástima:

—¡Ay, ay! ¡Qué hambre, qué sueño; qué sueño y qué hambre! ¡Me comería un diccionario completo!

Se asomó a ver y era una polilla gorda, rechoncha y calva.

—Buenos días —le dijo Sebastián Grillo—. ¿Por qué se queja?

—¡Ay, hijo, mi historia es muy triste!

Y, sin dar tiempo a que Sebastián dijera si quería oírsela, empezó a contarla.

—Quiero que sepa que soy un sabio. Me he comido más de doscientos libros de todos los tiempos y muchos de ellos los he digerido, que es más de lo que suele hacer la gente.

"Yo vivía en una biblioteca particular donde había unos tomos de papel delicioso. ¡Ay, qué vida aquélla! Nadie en la casa leía y yo tenía toda mi paz para ir comiendo a mi gusto y sabor aquellos suculentos manjares. Un día, ¡ay!, un terrible día, llegó un señor muy uniformado y le ofreció a Doña Obdulia, la dueña, exterminar todos los insectos por una cuota al mes. Ella, por novelera, mandó que hiciera una prueba en la biblioteca. ¡Aquello fue terrible! Para qué contárselo. Yo me estaba comiendo en aquel momento un tomo maravilloso –la E de la Enciclopedia Británica– cuando siento un olor terrible y un sonido raro: fuiqui, fuiqui, fuiqui, fuiqui. Una lluvia pestosa nos inundó a todos y nos sentimos morir. Al fin, en pleno peligro, decidimos salir huyendo.

"Desde aquel día no he encontrado lugar donde vivir, ni buenos libros que comer.

"¡Ay, ay, ay! ¡No se imagina usted lo triste que es ser polilla donde no hay libros!

—Vamos, hombre, digo polilla, ésta es tu casa —le dijo Cheché muy conmovida y añadió con aire de prosapia antigua—: yo también tengo biblioteca. Ahí puedes quedarte y comer todos los libros que quieras.

Don Polillín entró dando las gracias y en seguida se preparó el almuerzo. Y todo el mundo encantado. La casa, porque tenía compañía, Sebastián Grillo, porque tenía alguien más con quien comentar lo del puesto, y Polillín, por la abundancia de libros.

Pasó el tiempo. Un día, al amanecer, sintió Cheché que alguien trataba de forzarle la puerta del fondo. Muy alarmada, llamó en seguida a Sebastián Grillo y a Polillín, y al asomarse los dos a ver qué ocurría, se encontraron con una ratona gris pálido, ya entrada en años, que llevaba gafas y un chalcito tejido a mano por ella misma. La seguían cinco ratoncitos flacos, muertos de miedo. Doña Felicita, que así se llamaba, se disponía a meterlos por las hendijas, cuando Sebastián Grillo, que por lo gordo y lo propietario se había puesto algo insolente, le gritó:

—¿Con qué permiso piensa usted entrar en esta casa?

—Ay, señor, no se enoje, ¡por lo que más quiera! —dijo Doña Felicita muerta de miedo—. Yo soy una humilde ratona, una pequeña y humilde ratona. Durante años vivía en la bodega del gallego Luis, ¡Dios lo tenga en su santa gloria! Mi esposo y yo estábamos encantados allí. El gallego era bueno y limpiaba poco —suspiró Doña Felicita muy compungida—. Por donde quiera encontraba una su lonjita de queso, algo de tocinillo, restos de jamón. En fin, lo suficiente para vivir con decencia. Pero un día vienen unos señores que no hablaban español y le ofrecen dinero para que dejase la bodega. ¡Ése fue el desastre para nosotros! El gallego Luis volvió a La Coruña y en la bodega abrieron un supermercado. Imagínese, empezaron las limpiezas a diario, los desinfectantes. Luego, todo congelado: las peras, los melocotones, el jamón, los quesos. A mi esposo le afectó tanto el aire acondicionado, que pescó una neumonía y murió al poco tiempo. Desde entonces he salido a ver dónde podía vivir con mis hijos.

"Pero, usted no se imagina, señor Grillo, ¡qué triste es ser ratón! ¡Donde quiera que voy me reciben a palos, me cierran las hendijas, me persiguen, me ponen trampas y tratan de envenenarme!

Viéndola llorar, Don Grillo se sintió conmovido. Don Polillín se había dormido profundamente. Villa Cheché, que tenía la caridad rápida y ejecutiva, le dijo en seguida:

—Vamos, Doña Felicita, entre, entre. Aquí siempre será bien recibida. Si quiere, puede vivir en la cocina y no le prometo mucho, pero creo que por ahí encontrará qué comer.

Todos los ratoncitos empezaron a gritar de alegría y a correr por toda la casa:

—¡Que viva, que viva, que viva! ¡Aquí nos quedamos!

Pasaron los años, Don Grillo se casó con una grillo verde oscuro que al hablar de Sebastián le decía siempre "el doctor".

Juntos habían tenido tantos y tantos grillitos, que la noche se llenaba de chirridos.

Don Polillín se había puesto mucho más gordo, mucho más sabio y mucho más viejo. Doña Felicita era abuela y se pasaba la vida tejiendo capoticos.

Un día, cuando menos lo pensaron, se detuvo frente a la casa un gran Cadillac negro. De él se bajaron Don Etelvino, notario alto, seco, con gafas y maletín, y Doña Paca, millona-

ria flaca, de pelo teñido, y que siempre usaba pantalón.

—Como usted ve —dijo Don Etelvino—, la casa está muy abandonada…

—Abandonada es poco. ¡Ug! ¡Esto es una miseria! —exclamó Doña Paca con cara de peste.

Doña Paca no hacía más que exclamar:

—¡No tiene clósets! ¡Si es que no tiene clósets! ¡Las paredes están cuarteadas! ¡Habría que arreglarla los pisos! —de pronto se quedó quieta, como pensando y exclamó al fin—.

¡Tumbarla, eso es, Don Etelvino! ¡Tumbarla! Hacer cuarenta y ocho apartamentos con sala y un cuarto y clósets. Eso sí: muchos clósets. Y cada uno lo alquilamos a doscientos dólares y me produce una buena renta. Hoy mismo me prepara usted la escritura y mañana venimos con los trabajadores y que empiecen a demoler.

Con la misma, Doña Paca y Don Etelvino dieron la vuelta y se montaron en el Cadillac.

Apenas habían salido, se reunieron en la gran sala los grillos, las polillas, Doña Felicita con toda su descendencia ratonera y las arañas y las lagartijas, que también habían aumentado con el tiempo. Todos trataban de confortar a Villa Cheché, que lloraba desconsoladamente:

—Sí, es verdad que estoy fuera de moda, que ya no se usa el mármol, que estoy llena de columnas, que mi puntal es demasiado alto… ¡Ay! a mi vecina le hicieron lo mismo y en dos días vinieron unos hombres con picos y palas y la destruyeron, a las dos semanas era una montaña de escombros… ¡Pensar que a mí me va a ocurrir lo mismo…! Pobres amigos míos y ¿qué será de vosotros?

Sebastián Grillo dio un salto, se subió a lo alto de una ventana, cogió aire y… dijo muy emocionado.

—Señores, ¡ha llegado el momento de devolver a Villa Cheché su bondad de tantos años! ¡Hay que defender nuestro hogar, nuestra patria, nuestra familia!

—¡Hurra, hurra! —gritó Don Polillín.

—¡Hurra! —gritó Doña Felicita.

—¡Hurra! —gritaron los cuarenta ratoncitos formando una gran algarabía.

Esa noche no durmió ni ratón, ni grillo, ni polilla. Todos la pasaron en vela, trabajando.

A la mañana siguiente, vieron aparecer el gran Cadillac negro. Se bajó Don Etelvino. Se bajó Doña Paca. Abrió poco a poco la puerta el notario.

—¡Al ataque! —gritaron los grillos.

Cayó sobre ambos un madero del techo que habían roído los comejenes y sobre Doña Paca una gran tela de araña. Los ratones la mareaban dando vueltas y más vueltas a su alrededor. Las polillas empezaron a comerse el sombrero y el chaleco de Don Etelvino, mientras los grillos chillaban para volverlos locos.

Muertos de miedo, Doña Paca y Don Etelvino salieron corriendo, cogieron el Cadillac y desaparecieron en menos que se lo cuento. Doña Felicita, Don Polillín y Sebastián Grillo se abrazaron y dieron vivas.

Y desde entonces no ha habido sino paz y contento en la casa de las columnas altas, la de la gran enredadera de jazmín, la de la verja de hierro, la que dice en el portón de entrada:

Villa Cheché, 1901

LA MONA LUPITA

En el Parque Zoológico de no sé bien dónde, hay una mona que tiene un hijo ratón. El ratón es blanco y ella lo carga y se lo lleva a lo más alto de los árboles y le trae maní, igual que las demás monas a sus monitos. Ustedes dirán: ¿cómo es posible eso? ¿madre mona…, hijo ratón? Pues ahora mismo les cuento.

Para una mona, ser mamá es una cosa grande. Y Lupita, la mona del Parque Zoológico, esperaba tener un hijo con la misma ilusión que las mamás que no trepan árboles. Allá arriba, subida en lo alto de un pino, soñaba ella que su hijo iba a ser pequeñito, de ojos redondos y fijos, y rabo largo, largo… y tres veces más tupido de lo que suelen tenerlo los monos.

Las demás monas, que no eran madres desde hacía muchos años, y le tenían su poco de envidia, se pasaban la vida metiéndole miedo.

—¡Desde que uno tiene un monito, no vuelve a sentir tranquilidad!

—Huy, ¡las malas noches!

—¡Lo ingratos que resultan los hijos!

Pero Lupita, no les hacía caso, y prefería estarse quieta mirando cómo hacían guiños las estrellas mientras se colmaba de paz la tarde, el lago, los altos pinos y la llenaba a ella una suave sensación de ternura.

Por fin, le llego el día de ser madre. Y estuvo espera y espera una noche entera, hasta que vio a su lado, pegado a su cuerpo, un monito color miel, con los ojos fijos y el rabo largo que había soñado tantas veces. En seguida, vinieron las demás monas, muy contentas, a felicitarla.

Al monito le pusieron Tito y se celebró el acontecimiento con plátanos grandes y cacahuetes y saltos de árbol en árbol.

Lupita pasaba horas de horas arrullando a su mono, espulgándole, enseñándole cómo saludar con la mano, huir de la lluvia, mecerse en la cola, trepar árboles, alcanzar la fruta más alta, pelar naranjas y hacer burla a los que visitaban el parque, para que se rieran y le trajeran plátanos. Es decir, todo lo que debe saber un mono de parque zoológico. Con el tiempo, Tito se hubiera puesto grande y serio, fuerte y quieto, como los demás monos padres que se sientan horas de horas a mirar las rarezas de la gente.

Pero todo fue cuestión de malas compañías. Un día, llegó de México, un mono enorme, muy musculoso, casi gorila, que corría, saltaba y trepaba más que nadie.

Pancho, que así se llamaba, estaba las horas de horas hablando de la selva y dándose importancia.

—La selva es un lugar maravilloso. Hay árboles que no se les ve la punta —decía—. Y hay cada plátano, que puedes estar comiendo una semana entera y no se acaban y los cacahuetes tostados y calientes están por el suelo, que no hay ni que molestarse.

Tito se quedaba fascinado oyéndolo. Tan seguro estaba de todo lo que decía el gorila, que le preguntó un día:

—¿Y cómo se va a la selva?

—Pues, hijo mío, para ir a la selva, te vas por esta calle que ves ahí y tomas un ómnibus.

—¿Y qué es un ómnibus? —contestó Tito, inocente.

—Una fila de asientos, con ruedas. Le dices al hombre vestido de uniforme que te deje en el aeropuerto. Allí coges un avión, un aparato enorme como un pájaro, que tiene alas y atraviesa el aire. Entonces te vas por el cielo mismo hasta la Avenida de Juárez.

—¿Por el cielo mismo? —preguntó Tito asombrado.

—Sí señor.

—¡Qué maravilla!

—En la Avenida de Juárez coges un ferrocarril –una especie de caballo que echa humo y pita–. Te bajas en la primera selva y allí te encontrarás plátanos deliciosos, árboles interminables y los cacahuetes que te he dicho.

—¡Quién pudiera ir a la selva! —pensó Tito.

Pero el mono Pancho le contestó con desprecio:

—Eres muy chico. Para la cuestión del avión y del ómnibus y de la Avenida de Juárez y del ferrocarril, hay que ser un mono fuerte, muy valiente y no un mocoso como tú.

Pero Tito estaba decidido. Esa noche se acostó temprano, y cuando todo estaba quieto y oscuro, trepó la cerca y salió camina que te camina hasta perderse en la sombra.

Al otro día la pobre Lupita se volvió loca buscando a su hijo; registró árbol por árbol, rama por rama, cueva por cueva. Todo fue inútil.

Ya desesperada, se subió a lo más alto del más alto pino y se acurrucó con su pena a ver llegar la noche del cielo.

Pasó el tiempo y el tiempo y Lupita cada vez más triste. Juan Gilberto Pérez, el viejecito guardaparques que tanto la quería a ella y a los demás animales, ya no sabía qué hacer.

Le llevaba frutas. La cambiaba de jaula. Un día por fin, la llevó al veterinario.

—Lo que tiene Lupita es tristeza y eso no hay veterinario, ni píldora, ni jarabe, ni inyección que lo cure —dijo éste.

Y ya podían los del parque irse despidiendo de la mona Lupita porque lo que le quedaba de vida era apenas el trac, trac, trac, que decía su corazón de mala gana.

El viejito Pérez se puso muy triste con la noticia y se quedó pensando qué hacer. Al fin, se le ocurrió una idea.

Con la misma, se fue a casa de Doña Leona que había tenido tres leoncitos hacía dos días y le dijo:

—Buenos días, Doña Leona. ¿cómo anda la cría?

La leona rugió de gusto al verlo. Lamió sus cachorritos para alisarles bien el pelo y se estiró para que Pérez los viera.

—Yo vengo a verla, Doña Leona, porque a Lupita la mona se le ha perdido su hijo y no aparece y Lupita se nos muere de tristeza. Yo pensaba que usted, como es tan buena y tiene tres cachorritos, pudiera prestarme uno y así se lo llevo a Lupita, que se consuele y se cure.

—¡Ay, no, no, no! —rugió la leona—. Lo siento, pero de mis hijos no me separo, ni por Lupita, ni por nadie.

Pérez se fue a ver a mamá cocodrilo, que estaba acostada en una roca, con una sonrisa que dejaba ver su larga fila de dientes. Cerca, estaban sus cinco cocodrilos que más parecían lagartijas y que todavía no se habían aprendido la calma y la paciencia y el ojo a medio cerrar y el parecer de piedra de los cocodrilos.

—Buenas, Doña Cocodrila. Tengo un empeño con usted —dijo Pérez—. Que me preste un cocodrilito para llevárselo a la mona Lupita que extraña a su hijo –que se le perdió– y se nos va a morir.

—Ay, señor Pérez, ¡mis hijos y los monos no se llevan! Ya una vez le mordieron el rabo a una mona. No quiero que pase usted un disgusto. Además, necesitan agua y las monas, aquí entre nosotros, no se bañan.

Salió el señor Pérez muy cabizbajo y se fue a ver a dos flamencos que estaban haciendo ballet, parados en una pata.

—¡Ay, mi señora Flamenca! Tengo un empeño con usted. La leona no quiso y la cocodrila no quiso, pero usted que es flamenca, sí que habría de querer. Yo quiero un flamenquito para llevárselo a Lupita la mona, que está triste, porque perdió a su hijo.

—Pues no señor, no se lo doy. Porque es el primero y porque los flamencos no comen maní y porque no subimos árboles, y porque mis hijos no me los indigestan con cacahuetes.

Entonces, el viejito Pérez se fue a ver a Doña Felicita, la ratona, que vivía con sus treinta ratoncitos grises y tímidos en un almacén cercano. A los ratones, las cucarachas y lagartijas no los exhiben en los parques zoológicos. Doña Felicita, como es natural, soñaba con ver a alguno de sus hijos en jaula especial, con su nombre en un letrero escrito en latín. Por eso, cuando el señor Pérez vino y le contó lo de Lupita la mona y lo triste que estaba, Doña Felicita vio los cielos abiertos.

—¡Con mil amores, con mil amores! —exclamó—. Pero no fue a buscar uno de aquellos ratoncitos esmirriados y feos, sino que escogió

el más blanco y gordo y crecido de su prole y le dijo:

—Hijo mío, ¡qué suerte hemos tenido! Vas a pasarte una temporada con Lupita la mona. ¡Serás el primer ratón que viva en parque zoológico! Muy emocionada preparó a su hijo, lo vistió lo mejor que pudo, lo limpió el pelo blanco y le cepilló las uñas.

Al otro día, todos los ratoncitos grises y feos del almacén se reunieron. Cuando vino el guardaparques a llevarse al ratoncito blanco, lo despidieron aplaudiendo con las patitas delanteras y dando vivas.

Desde entonces…

Está contenta Lupita la mona, porque adoptó al ratoncito blanco. Está contenta Doña Felicita, porque las demás monas del parque zoológico se ponen verdes de envidia cuando les dice:

—¡Mi hijo es el ratón blanco del parque zoológico!

Y están contentos los niños, porque no habían visto jamás, en todos los siglos de los siglos, hijo ratón y madre mona.

LA HIENITA

Tom, el guarda bueno, miró a la hienita rubianca, paticorta, recién nacida y casi moribunda. El corazón le dio un vuelco de lástima o rebeldía por todas las cosas que se entregan sin luchar, que no se defienden, que no se rescatan: la hienita era en aquel instante, lo mucho de sí mismo que a través de la vida había ido perdiendo. Por eso decidió salvarla. En mitad del pecho, como ardor y lumbres, sintió la bondad de veras: la que mueve a hacer. Y sin pensar más, ni todo lo que he dicho, sino sencillamente que era la hienita una cosa endeble que se moría, la sostuvo en sus manazas buenas y poderosas, acarició su respirar asustado y al llegar a la casa la ofreció a sus hijos mintiendo:

—Les traje un perrito del zoológico.

—¿Perrito? —dijeron los niños con tres sonrisas.

—¿Perro? —dijo la madre—, ¿te parece poco lo que batallo y lucho y trabajo y me sacrifico y lavo y plancho y barro? —añadió quejándose de su oficio.

Pero poco vale quejumbre de madre cansada, contra alianza de padre e hijos, perro por medio: la hienita se quedó en casa.

Los niños empezaron a cuidarla con el entusiasmo de las cosas nuevas y las peleas de a quién le toca qué. Cuando la hienita pudo sostenerse, le acariciaban el lomo, le hablaban como si entendiera –que entendía–, y el más chico se estaba horas de horas mirándola para repetírsela de memoria: el hocico afilado, las patas delanteras tan largas, las de atrás caídas, las manchas como solecillos. El mayor le hizo casa de palo. La niña insistió en llevarla cuando iban a la casucha que llamaban colegio.

Es decir, que la hienita pasaba por perro. Perro raro, que ni ladra, ni sabe agradecer moviendo el rabo. ¡Pero tantas clases de perro, de árboles, de gente, de flores hay!

—Tú, pasa por perro mientras puedas —le aconsejaba Tom.

Todo hubiera seguido así; ella tan hiena o más que nunca, los niños queriéndola y Tom, como padrazo suyo, a no ser por la noche de Sammy.

Antes de que entre en el cuento, véanlo: flaquito, conversador, métome en todo, al tanto de quién entraba y quién salía y cuánto ga-

naba cada cual y dónde y por qué. Luego, todos esos dóndes y cuántos y porqués que ave-
riguaba, se los aprendía de memoria y los iba
contando. Si podía, se alumbraba con luz de
tabaco encendido, si podía, se endulzaba con
café brindado y aunque no pudiera ni lo uno
ni lo otro, se las arreglaba para añadir a los
cuentos política y guerras y presagios malos,
para tener siempre público atento y asustado.

Sammy era amigo de Tom. De noche se
sentaban los dos frente a la casa. Los niños y el
perrito jugando. Así estaban aquella noche de
brisa fresca y más estrellas que nunca, cuando

Sammy dejó lo que estaba diciendo exactamente a mitad de palabra y dijo:

—Oye tú, ¡eso no es perro!

—¡Claro que es perro, Sammy!

—¡Que no, te digo!

Tom se asustó y los niños vinieron con sus seis ojillos preguntones a ver qué decía Sammy que era. Y la madre flaca, regañona y cansada, también dejó lo que estaba haciendo y se quedó quieta, apoyada en la escoba, a ver si Sammy decía lo que ella se sospechaba hacía tiempo.

Sammy miró el cerco, hizo que se rascaba la cabeza y anunció triunfante y sonreído:

—Eso es una hiena. ¡Una hiena! ¡Como que me llamo Sammy!

—¡Vaya por Dios! —dijo Tom.

Sammy siguió quitándole el nombre de perro.

—Mira si es hiena, que no ladra. ¿Verdad que no ladra? —dijo tomando a los niños por testigos.

Los niños dijeron que no ladraba por lo buenísima que era. Y Sammy, que no ladraba por buena, sino por hiena. Por ahí siguió: que mírenle las patas, ¿a que no tiene más que cuatro dedos y no cinco como los perros? Y las patas de adelante tan largas, las de atrás tan cortas, y las manchas, hombre, Tom, ¡que no se diga!

Todavía riendo y profesorando, Sammy giró hacia Tom y le dijo:

—Tienes cosas de loco, Tom. ¡Nada más que a ti se te ocurre traerle una hiena a tus hijos y pasarla por perro!

Sammy se fue, más flaco que alambre, con la lucecita de su cigarro como ojo que se abre y se cierra en la noche. Le hizo el cuento a todos, que si Tom, el muy bobo, que si Tom, el muy loco, que si Tom, el muy zonzo, se le había ocurrido traerle a los hijos… a ver, ¿a que no saben qué? ¿Una jirafa? ¿Un elefante? ¿Un león?

—No señor, no señor —decía Sammy más hablatín, más cetrino y más sin dientes que nunca—: ¡una hiena! señores, ¡una hiena!

Cada cual fue a su casa y se lo dijo a su mujer, y los niños lo oyeron, y al otro día cuando salieron los hijos de Tom con su hiena-perro detrás, ahí estaba el corro de niños burlones.

Uno, a quien le divertía ser malo y atrapaba lagartijas, a ver cómo eran por dentro; otro, muy gordo, que hacía cuanto le mandaban, con tal que no le dijeran fofo, y el otro muy bueno, pero que si se peleaba con los otros, no tenía con quién jugar. El caso es que los tres, cuando iban pasando los hijos de Tom empezaban a gritar y a dar palmadas a compás, como si fuera baile:

—Hie-na, hie-na, hie-na.

Así, cuando volvieron del colegio y al otro día. Hasta que el mayor de Tom se enredó con el malo de las lagartijas que por poco se matan. La niña sintió mucha pena y no hallando cómo salir de ella, dijo que tenía aquel animalito, por creerlo perro, pero ahora que lo sabía hiena, ¡por nada del mundo! El más chico, mucho más simple, le dio un puntapié y se unió al grupo:

—Hie-na, hie-na, hie-na.

Todo esto, para la hienita fue como ¡qué sé yo!, como llegar a casa donde nadie espera, o como oír, al atardecer, un tren que aúlla, o como sentir que la gente y uno mismo se muere o que un instante igual a éste no lo habrá ya nunca.

—Es el nombre —decía la hienita tratando de consolarse—. Si ayer me querían y tengo las orejas y las patas y las manchas igual que ayer, hoy no me quieren por el nombre, porque me llaman hiena.

Aquello de hie-na, hie-na caracoleaba ya por todo el pueblo. Era casi un deporte.

Aún cuando pasaba Tom, se unían varios hombres y como si fueran broma, tamborileaban:

—¡Hie-na, hie-na, hie-na!

Tom seguía haciéndose el loco, haciéndose el zonzo. Pero la madre no. Un día, con la autoridad que da el sacrificio y ocho horas de trabajo lavando, se planta delante de Tom y le dice:

—Tú mira a ver cómo te deshaces de ese animal, que ya bastante tienen los muchachos con ser pobres, para que además les digan hijos de loco y dueños de hiena.

Tom la vio cansada, y sin haber podido con la miseria, que le tuvo más lástima aún que a la hienita.

La hiena supo exactamente cuándo Tom sintió inerme para protegerla. Pero se consolaba:

—Es sólo el nombre. ¡Si me lo quito, volverán a quererme! Pero, ¿cómo se quita un nombre? Seguro que se quita y que no duele; no es como quitarse una pata, o un diente o una oreja.

Antes que la echaran –que ya parecía estar próximo– por lo de la mujer, y porque Tom, cogido en la estrecha frontera de ser padre, le había dado la razón con los ojos, la hienita salió una noche, como la gente, haciéndose esperanzas para poder con la tristeza.

—Ahora me voy, me quito el nombre y cuando regrese, volverán a quererme.

Así, repitiéndoselo, salió de la ciudad, atravesó los últimos humos de las últimas fábricas, acarició con la vista la llegada de las colinas verdes y allá, al fondo del valle, cortado en la loma, hundido como un cristal que corriera, vio un río.

Como el río lavaba las piedras, como vio que se llevaba las hojas y las ramas, bajó corriendo y le dijo:

—Río, ¡llévame el nombre!

El río contestó con su cristalina voz de agua:

—Yo no te puedo llevar el nombre. ¡Nadie puede llevarte el nombre!

La hienita no quiso desesperanzarse.

—Todo, todo se quita, hasta la vida, hasta ese dolor como un puño cerrado que sentía en el pecho, ¡hasta ese extrañar voces y palabras y lugares se quita!

Entonces pasó el viento. Y viendo que el viento cargaba las hojas y las subía en remolino, que podía con la yerba y la hacía decir que sí, que sí, que sí, con una gran reverencia dorada y seca, le dijo:

—Viento, quítame el nombre.

El viento dijo con voz ahuecada y lúgubre de viento:

—Yo no puedo quitar el nombre. ¡No puedo! ¡No puedo!

Entones el cielo se llenó de nubarrones y cayó la lluvia como una cortina alrededor de ella y a todo lo largo y ancho de aquel lugar de yerbas altas. Viendo que la lluvia lavaba y limpiaba y era buena, la hiena pidió:

—Lluvia, ¡lávame el nombre! ¡Llévatelo!

La lluvia siguió cayendo sin contestar siquiera.

En esto ¡zas!, un rayo hizo una gran zeta de fuego en el cielo y cayó luego en la copa de un roble. El fuego se prendía a las últimas ramas y las iba carcomiendo y caían las hojas secas y crujientes. La hienita veía la madera consumida por el fuego rojo que lengüeteaba y la envolvía y gritó:

—Fuego, ¡quémame el nombre!

El fuego venció al árbol, venció hasta el verde del árbol. Quedó oliendo a incendio y chisporroteaba aún sobre la ceniza color de cana. O sea, que moría el fuego sin quitarle el nombre.

Pero antes de apagarse para siempre, le dijo a la hiena:

—¿Por qué te empeñas en cambiar de nombre?

—Porque perro me querían y hiena me odian.

—Ay, hienita, ¡pero eres hiena! Yo, para dejar de ser fuego, he tenido que apagarme. ¿Por qué no te resignas, por qué no aceptas ser hiena? Ve, sigue tu camino, ahí en la selva, de noche, se reúnen las hienas.

La hienita esperó la noche, y cuando ya estaba oscuro, como si hubieran derramado en el cielo tinta negra, se quedó esperando.

A poco vio dos ojillos que parecían andar solos, porque el cuerpo que los llevaba era tan negro como la misma noche. Y luego otros y otros. Tantos, que sólo se veían los ojos brillar en el aire.

La hienita se moría de miedo en la oscuridad, pero salió el sol a su tiempo y fue dibujando cara y orejas y cuerpo a los ojos suspendidos hasta que aparecieron ocho, diez hienas iguales a ella.

Entonces sintió que el corazón la daba un vuelco de alegría. Ahora no tenía más que acercarse, decir que era hiena también, decir que la habían llevado al parque zoológico, hija de una hiena madre arrebatada a la selva y la acogerían en seguida. Tendría otra vez familia y otra vez andaría, compañera, protegida y protegiendo.

Pero no hizo más que acercarse y las otras hienas hicieron un cerco amenazante en torno suyo. Les olía a ciudad, a humo, a gente que se ha ido y regresa. La hiena más vieja, y quizás la más sabia, dijo:

—Ésta es una hiena que ha estado lejos, que quizá nos desprecia, que quizá no quiere ser hiena…

—¡Fuera! ¡Fuera! —gritaron las otras y la persiguieron y la persiguieron hasta que la hienita se refugió debajo de la noche, que había vuelto.

Allí, bajo la luna, miró a las otras hienas. Entre todas habían cogido a un pájaro y lo despedazaban a dentelladas (que no es ni más malo ni más bueno que comerse los hombres a un pez, a un venado, con ojos de ruego). Después, todas juntas, descubiertos los afilados dientes, empezaron a reír, pero no era risa, a aullar, pero no era aullido, a llorar, pero no era llanto.

Hienita pensó que no era hiena, ni lo sería nunca, ni era nada ni nadie, pero para su sorpresa, abrió la boca y su aullido de protesta era tan igual, tan idéntico, que parecía eco de la risa o aullido o llanto de todas las hienas juntas.

Pasó el tiempo. Pasó mucho, mucho tiempo. La hienita aprendió, como aprenden las hienas, a estar sola, a disfrutar estando sola, creció y aprendió, porque el hambre era mucha, a cazar un pájaro o un cisne, o un animalito que estuviera durmiendo y, cuando era más noche la noche, a reír con la risa de las hienas.

Ya con el nombre de hiena, y la fortaleza de las hienas y su amor a soledad y a noche, se encontró un día, al borde de un arroyo, a una hiena madre con sus cachorrillos chicos, que parecían perros, como ella misma.

Lentamente se acercó a mirarlos. Al frente, había quedado muerta la hiena madre, y los cachorrillos rubiancos, paticortos, recién nacidos y moribundos, le trajeron al corazón lo mismo que había sentido Tom el bueno hacía muchos años, en el medio del pecho, como ardor y lumbre por las cosas que se pierden sin luchar, que no se defienden, que no se rescatan ni se ayudan. Y decidió salvarlos.

Hizo un arco con su cuerpo tibio y viendo a los cachorrillos venir, olerla y acurrucarse junto a ella, se sintió hiena, más hiena que nunca. Hiena madre, que es mucho más que hiena.

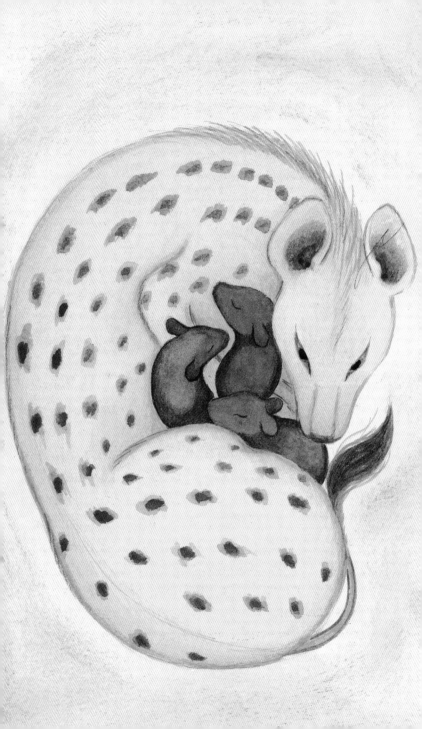

HILDITA Y SU GATO

Hildita era una niña pobre de otro siglo, hija de policía catalán y madre bordadora.

Como no tenía hermanos –porque de los tres que eran dos se los llevó el tifus– se pasaba las tardes muy vestida de encaje y muy bordada y aburrida, con sus botines abrochados al lado y los pies en cruz, mirando ventana afuera.

La madre, que tenía manía de cacharros limpios, pisos pulidos y alacena en orden decía: "gracias a Dios que se acabó el trajín", y se sentaba en un sillón de mimbre, al lado de la mesita cubierta con pañuelos de holán fino, a los que debía bordar eses o pes o eles, según se llamara Salustiano, Porfirio o Laurencio el cliente que los pagaba a dos luises la docena.

Si Hildita se animaba mirando un nubarrón grande como un elefante blanco le decía:

—Mira mamá.

La madre, sin levantar la vista siquiera de la P del pañuelo, le decía:

—¡Estáte quieta, hija!

Con lo cual, el elefante se deshacía, se alargaba y pasaba a ser otra cosa.

Si Hildita veía a los niños correteando calle arriba o calle abajo con aquellos cantos de:

Yo soy la viudita...

o

Estaba la pájara pinta...

o

A la rueda, rueda,
de pan y canela...

y se ponía a susurrarlos bajito, la madre, buenísima la pobre, pero sin música, le decía:

—¿Qué dices, hija, que no te oigo?

Si a la niña se le ocurría pedir que la dejasen salir a jugar fuera, siempre le ponía pretextos:

—¿Así limpia como estás, con el trabajo que me ha costado bordar y lavar y almidonar esa bata? ¡Ni lo pienses!

—Tú, en tu ventana, quietecita.

La madre que ya no tenía niñez, no podía comprender que hubiera nada mejor ni más feliz que estarse quieta.

Si no es por el gato, la pobre Hildita se hubiera convertido en una de esas personas taciturnas y quejicosas que nunca sonríen.

Y es que un día, gracias a Dios, estaba sola, en su casi prisión de la ventana con rejas, cuando vino el gato más sato, más sucio y rabiparado que darse pueda, se le paró enfrente y le dijo "miauuu" con mucha hambre y no menos pulgas, pero con dos ojos azules y pedigüeños que eran un cielo.

Hildita cogió al gato, lo metió entre los barrotes, le dijo que se callara y lo tapó con su cuerpo, antes que la madre pudiese verlo ni menos oírlo.

Cuando dieron las seis las campanas del Cerro, la madre se frotó la nuca, guardó los lentes y se fue a entregar los pañuelos bordados.

Entonces Hildita cogió al gato, lo baño, le puso nombre y le quitó el hambre con un platico de leche.

Muy contenta, con su gato al lado, pensando que no habría problema si la ayudaba su padre, se puso a esperarlo.

El padre venía siempre con la cara sonriente, los pies cansados y muchos cuentos que hacerle –después que se quitara las polainas, hijita, que le dolían los pies–.

—Papá, ¿a que no adivinas? —dijo Hildita, que a él si le confiaba sus cosas.

—¿A que no adivinas qué?

—Que tengo un gato...

—¿Gato?

—Gato sí, pero está limpiecito. Míralo.

—¿Ya lo sabe tu madre?

—No.

El padre puso cara de preocupación, miró al gato, pensó en su mujer cuando se enojaba, pero lo convenció la mirada de "por favor" con que su hija le suplicaba que fuera cómplice.

—Bueno, gato tenemos. Pero eso sí, lo sacarás por la mañana y por la tarde, y conseguirás un cajón con serrín para las cosas mayores y te ocuparás de que no ensucie la casa. ¿Está bien?

Hildita, asintió, contenta.

—Acordado, pues.

Cuando llegó su mujer, el padre, que aún no se había quitado el uniforme de policía, sacó su voz de teniente y mintió valeroso:

—Paula, ¡mira lo que he traído a la niña!

Y enseñó el gato.

—¡Dios nos ampare, Matías! ¿Te has vuelto loco? ¿Cuándo se ha visto gato en esta casa? ¡A ti nada más se te ocurre!

El padre usó el tono de ordeno y mando que tenían los padres de principios de siglo.

—Nunca se ha visto, pero ahora se va a ver.

Paula comprendió, hizo un bultico con su mal genio, y se calló pensando: "Mañana vere-

mos, Matías. Que tú trabajas de sol a sol y en veinticuatro horas Paula Barroso puede hacer muchas cosas".

Esa noche, Hildita durmió con su gato estrenado. La madre le buscó cesta y frazada limpia, y el gato, creyéndola, se sintió bien recibido y se puso a ronronear de gusto. Acurrucada a él, Hildita era la niña más feliz y acompañada del mundo.

Al día siguiente, se levantó temprano, preparo el platico de leche, le pasó la mano de la cabeza al rabo y el gato cerraba los ojos entre somnoliente y achinado.

—Papá, ¡míralo qué lindo!

El padre ya tenía las polainas y la guerreras puestas y desayunaba, sobre un mantel de hilo blanco, leche blanca y tibia con azúcar blanca. Paula se había levantado a las cinco, había fregado cafetera y azucarera y cacharros y cubiertos con su lipidia mañanera y todos lucían estrellas al sol y limpieza. Pero al ver al gato, a su hija y a su marido, tan agradablemente juntos, se le hizo una rayita de celo y rabia la boca.

La niña le dijo al padre y no a ella:

—Míralo, papá.

Los dos vieron cómo el gato sacaba la lengüita roja y ávida y a toda prisa hacía olas en el mar redondo del platico de leche. Y cómo se iba agachando a medida que terminaba y se le marcaban, como cuerdas de guitarra o arpa que tuviera por dentro, las costillas. Juntos, habían dejado a Paula más lejana y más sola que el propio gato antes de entrar a la casa.

Al fin el padre se puso en pie –una torre de padre– le dio un beso a la niña, se despidió del gato y a Paula la miró como si mirara un pozo y viera una mala idea en el agua del fondo.

—Paula: ¡Quiero que el gato esté aquí por la noche! ¿Entendido?

Paulo gruñó que sí. La niña se fue al colegio. Y Paula, sola con el gato, le fue completamente sincera:

—¡Gato de porquería! ¡Sato! ¡Vas tú a enredarme a mí la vida! ¡Si yo fuera gobierno, te cogía a ti y a todos los gatos del mundo y los metía en un barco y los mandaba para la Conchinchina!

El gato, que no entendió ni pío, quiso ganársela acariciándole las piernas y Paula, con un puntapié, le puso las cosas en claro:

—¡Sal por ahí, gato de porquería!

Pasó el día, Paula limpió la alacena, las ventanas, de rodillas con un trapo –para darse más que hacer y sentirse más buena–, lavó los pisos. Preparó la comida, planchó el vestido y las cintas para Hildita y bruñó las polainas del padre. Cuando el cansancio le aumentaba el mal genio a eso de las cuatro, llegó la niña, asomó su carita contenta por el ángulo de la puerta abierta, y sin más saludo preguntó:

—Mamá, ¿dónde está Micifuz?

El gato salió corriendo a recibirla y ella le decía:

—¿Qué dice mi gatito lindo? ¿Cómo pasaste el día? ¿Te aburriste mucho? ¡Pobrecito!

El gato, ronroneando, le pasaba el lomo entre las piernas. Luego, se puso a jugar con el cordón de un zapato que le pareció lombriz; le daba con una patita y luego con la otra, se asustaba como si estuviera viva, daba una voltereta divertido y corría que se mataba. Hildita movía el cordón en el aire; Micifuz se quedaba quieto, atisbándolo, huía y volvía a enfrentársele boxeando con las patas delanteras.

Paula miró la escena. Los ojos le brillaban de celos y la boca fina era más raya de rabia que nunca. En seguida, vistió a la niña, la sentó a la ventana y se puso a bordar pañuelos con puntadas rápidas y malgeniosas.

Cuando llegó el padre, juntos él y su hija: gato para arriba, gato para abajo, gato bonito, gatito, gatazo, pillo, juguetón.

Nadie se fijó en el suculento guiso de Paula.

El día siguiente fue una copia del anterior: buenos días por la mañana, mantel pulcro, leche blanca y Paula despierta desde las cinco puliendo y trajinando con mal genio tempranero. Para colmo, casi sin despedirse, le advirtió el padre:

—¡Que el gato esté aquí por la noche cuando yo regrese!

Paula volvió a ser sincera con el gato:

—¡Gato de porquería! ¡Si yo fuera gobierno…!

Decidió hacer arroz con leche. Hirvió la leche y el arroz con su azúcar, su canela, su cáscara de limón; lo dejó que se alzara lleno de burbujas y luego lo puso a enfriar.

El gato lo olió saboreándola y apenas Paula dio la vuelta, saltó de silla a mesa, de mesa a hornilla, y muy callado, con pies de gato, empezó a lamerlo con su lengüita áspera.

—¡Habráse visto, gato de porra! ¡Largo de ahí! —lo azuzó Paula, con la cara llena de las

malas palabras que no decía, porque se educó con las monjas.

Entonces, decidió remendar medias y se sentó con sus agujas, a buscar agujeros con una especie de huevo de madera. En la cestica de mimbre que puso a sus pies, rebosaba el arco iris de las madejas.

El gato fue despacito –que no se oyen los pies de gato– y primero halló el hilo verde y luego el rojo y terminó jugando con toda una maraña de hilos roji-verde-azul-marrón.

—¡Ave María Purísima, gato de los demonios! —se levantó Paula y le dio un escobazo.

Luego se sentó a desenredar madejas.

Y el gato le secuestró un calcetín y como era un gato todavía chico, se puso a chuparlo, como si mamara sintiendo la tibieza de su madre gata y ausente.

Paula se volvió loca –porque jamás en su casa se había perdido nada– buscando la pareja del calcetín viudo. Abrió gavetas, registró armarios, buscó en el cesto de la ropa sucia. "¡Si Matías tiene seis camisas, siete calzoncillos, diez camisetas y cinco pares de calcetines!" se repetía Paula, que, por manía llevaba un inventario mental de cuanto había en la casa. De pronto, debajo de la cama vio la patita del gato que se abría y cerraba con mucha ternura, mientras chupaba el calcetín... Por poco le da el infarto.

—¡A ti no te aguanto yo, gato de porquería! ¡Alza, alza!

El gato salió corriendo que se mataba, saltó por encima de las copas de licor y la licorera, tumbó una, se subió al sofá, le sacó los hilos con las uñas y ¡cataplum!, cayó sobre los pañuelos doblados y listos para entregar, y les bordó las cuatro marcas de sus dedos, sobre las iniciales principescas.

Entonces, viendo que la cosa se ponía pero que muy mal y que Paula venía atacando a escobazo limpio, se acordó que era pariente del tigre, arqueó el lomo, enseñó los dientes, gruñó con el pelo erizado y sacó las uñas largas y curvadas, dispuesto a arañarla.

—¡Socorro! ¡Este animal es una fiera! —gritó Paula.

En esto llegó el carbonero.

El carbonero era un hombre buenazo, muy bruto y cumplidor, siempre tiznado por los sacos de carbón que llevaba a cuestas.

A Paula le tenía una gran estimación, porque pagaba puntual y al contado. Y claro, al verla en peligro, jadeando y con el moño deshecho, se le salió lo de Quijote que tenían los hombres a principios de siglo y agarró al gato que le dejó arado de arañazos el brazo izquierdo.

—¡Cuidado, Antonio, no me manche los muebles! —advirtió Paula, agradeciéndole el salvamento.

Con la misma, Antonio cogió al gato, lo metió en el saco, lo amarró con una soga, mientras Paula, casi histérica y aunando la rabia y los celos que le tenía, a lo de la leche, el calcetín y las copas de licor, gritó:

—¡Lléveselo, por su madre! ¡Lléveselo que no vuelva a verlo nunca!

—Ni se ocupe, Doña Paula, ¡que adonde lo voy a llevar, queda en los quintos infiernos! ¡Verlo no lo verá más!

Paula se tranquilizó, ordenó la casa, y se dispuso a esperar marido e hija, bordando en paz y sin gato.

La niña vio, sintió la casa enorme, sin maullido. Recorrió sala, saleta, cuarto, pasillo, alacena, nombrándole "gato, gatito mío, gato" y regresó con la cara más llorada y más triste, a decirle a la madre mezclando sollozo y palabra:

—Mamá, mi ga-to, ¡Mi ga-ti-to!

La madre puso expresión inocente y sorprendida, le lavo la cara, le dijo "mi hijita" y la dejó salir a jugar a la rueda.

Hildita dijo que no y se quedó sentada en el quicio de la puerta.

"Se iba a ir de la casa", pensaba. "O no comería nunca más hasta ponerse flaca que se le vieran los huesos, o hasta morirse como sus hermanos."

Cuando por fin vio el consuelo del padrazo que se aproximaba, salió corriendo a abrazársele:

—Papito, papito, ¡mi gato! ¡Se perdió mi gato!

El padre puso cara de funeral, se enderezó a toda su altura, miró a Paula como si fuera un pozo, a ver qué veía en el agua negra del fondo, y dijo con máxima voz de teniente:

—Paula, ¿qué paso con el gato?

Paula levantó la vista del bordado con tanta inocencia, que Matías la declaró culpable.

—Matías, ¡yo no puedo estar todo el día detrás del dichoso gato con el trajín que tengo!

Matías se puso a pensar. Paula era una mujer buena, guisaba bien. Hacía catorce años que le limpiaba las polainas. Era trabajadora y ahorradora. Hacia mil maromas para estirarle el sueldo de policía de principios de siglo. Y sobre todo, había cuidado y velado con él, a sus dos hijos muertos.

Sintió lástima. No era para armarle la gresca por un simple gato.

La niña lo miraba sin comprender por qué al padre se le amainaba la furia y dijo poniendo su manaza sobre el hombro chiquito de Paula:

—En fin, ¡que se perdió el gato!

El carbonero se puso el saco gruñón a la espalda, se subió a su carro de mulas, caminó todo lo que caminaba al día un carbonero, o la mula del carbonero. Dejó al gato en la carbonera vacía maullando toda la noche. Y al día siguiente no, al otro, cuando tuvo que ir a buscar carbón a un lugar que llaman Tallapiedra, al otro lado de la bahía, cogió el barco con saco y con gato y cruzó los veinte minutos de mar en un barquichuelo de vaivén por olas.

Cuando llegó a la otra orilla, pensando que más lejos imposible, dejó al gato suelto por los muelles a que se buscara el resto de la vida.

Pero lo que no sabía el carbonero, era que Matías Soto, teniente de la primera estación, estaba destacado en los muelles de Tallapiedra, vigilando un contrabando de chorizos, morcillas y vinos nobles de España.

Por lo que el gato, sin caminar mucho y saltando apenas una loma de sacos, se topó con él y maullando se hizo conocer e identificar.

—¡Cómo se parece este gato al de la niña! ¡Claro que no es posible, tan lejos de casa!

El gato maullaba y se entrecruzaba entre sus polainas. Y el padrazo, por sí o por no, y anticipando el abrazo que le daría su hija, cargó con el gato, cruzó la bahía, llegó a la casa, y cuando la vio sentada todavía con cara de duelo, le dijo:

—¡Mi niña! ¡Mira a quién te traigo!

Hildita salió corriendo que parecía unas Pascuas.

Paula frunció el ceño, pero el padre le dijo con su inapelable vozarrón de teniente de principios de siglo:

—Paula, me lo encontré en Tallapiedra, y estas cosas no pasan dos veces en la vida. Con que el gato se queda en la casa ¿Entendido?

—Entendido —dijo Paula y por poco sonríe.

LOS TRES TIN

Yo no sé a quién se le ha ocurrido decir que ya no existen gnomos. No serán aquellos gnomos paticortos, gorrilargos, barbudos y buenazos de los cuentos de antes.

Los gnomos modernos, para subsistir, han tenido que hacerse sabios, especialistas técnicos y eficentísimos. Pero que los hay, los hay. Es más, en confianza les digo que en mi casa tengo por lo menos tres: Tin Llavincín, Tin Maquinín y Tin Papelín. Los traje en un zurrón de Tielve, una de las aldehuelas perdidas entre montañas adonde se han refugiado los gnomos.

Tin Llavincín se pasa la vida escondiéndome las llaves del coche –sobre todo cuando estoy apurada–. Tin Maquinín, que es aficionado a la mecánica y quita tuercas para ponerlas donde no van, cuando no me fastidia el televisor, me rompe la lavadora o el lavavajillas. Y Tin Papelín se esconde en mi escritorio los días primeros de mes y se divierte de lo lindo enredando cuentas, recibos y cheques.

Pero no; no les tengo mala voluntad, al contrario. Siempre que llego tarde, se me rompe un electrodoméstico y hay que pagar por arreglarlo o mi marido pone el grito en el cielo porque no sé qué se pagó, ni cuándo, ni qué dinero nos queda, me sirven de pretexto y digo:

—¡Tin Llavincín, Tin Maquinín o Tin Papelín tienen toda la culpa!

Con lo cual piensa si me faltará un tornillo –cosa que también puede ser–. Pero no; para probarles que los tres Tin existen y que son los gnomos más útiles, modernos y serviciales que darse pueda, ahí va este cuento.

Cerca de mi casa, en uno de esos edificios largos, flacos y grises que meten miedo, viven envasados cuatro niños pequeños. El padre es uno de esos padres pluriempleados, cajero por las mañanas, contador por las tardes y telefonista después de las 10. La madre, entre el trajín y los quehaceres, cuando no está nerviosa, está histérica y cuando no, cansada, nerviosa e histérica. Total, que los pobres niños se pasan la vida sembrados frente al televisor, con la boca abierta, viendo ladrones o crímenes. Y cuando los padres pasan como flechas alrededor suyo, todo lo que les dicen –y eso de muy mal genio es–:

"¡Apúrense!

¡Dense prisa!

¡Vamos pronto!

No, por Dios, ¡que no tengo tiempo!"

Es decir, que a los niños se les iba a ir la niñez corriendo, sin oír cuentos, jugar en la hierba, soñar boberías, nadar en río frío y dormir acunados. Cosa, como ustedes podrán comprender, para preocupar a cualquiera y muchísimo más a un gnomo que se respete. Por eso, Tin Llavincín, Tin Maquinín y Tin Papelín decidieron tomar cartas en el asunto. Se reunieron los tres una noche, y con la furia de ver los niños tan quietos y sombríos, decidieron actuar al minuto.

—¡Si parecen pececitos de pecera!

—¡Si parecen flores de invernadero!

—¡Si no tienen una sola ilusión en los ojos!

—¡Hay que hacer algo rápido, contundente y definitivo! —concluyeron los tres.

—El mal está en que papá y mamá tienen coche —dijo Tin Llavincín—. Corren para arriba, corren para abajo, se atoran en el tráfico, no encuentran donde aparcar. Pagan letras y gasolina, y ¡claro!, todo esto les pone de un humor de perros.

—Pues no —opinó Tin Maquinín—. El problema, como yo lo veo, es que se pasan la vida comprando, pagando, debiendo o arreglando aparatos eléctricos. Tienen que trabajar como locos, se atrasan en los pagos y eso es lo que les pone el humor de perros que tienen.

—Nada, nada ¡que estáis equivocados! —chilló Tin Papelín—. Tienen el humor de perros, porque se matan por conseguir esos papeles verdes y rectangulares que llaman dinero y nunca les alcanza para pagar las cuentas.

—Sea lo que sea, necesitan una temporada en Tielve —coincidieron los tres—. Para tratar de convencerlos, Tin Llavincín propuso que le dejaran probar primero.

Esa noche, muy calladito, se coló en la casa por la rendija de la puerta, tiró una soga, trepó hasta el cajón del armario, consiguió el llavero, escogió la llave del coche y la escondió donde ni él mismo pudiera acordarse. Entonces se sentó, muy esperanzado, a ver lo que pasaba.

A la mañana siguiente, la familia desayunó a toda prisa, atragantándose porque eran las siete y media y el padre entraba a las ocho y antes había que llevar los niños al colegio.

Ya estaban todos listos, bajando las escaleras, cuando la madre comenzó a chillar:

—¿Dónde está la llave del coche? ¿Dónde la han puesto? ¿Quién ha cogido la llave?

—¡Tate! —se entusiasmó Tin Llavincín—. ¡A ver si aprendes el valor de las cosas chiquitas!

Pero como la suya era leve voz de gnomito, la madre no la oyó y seguía abriendo y cerrando armarios, sacando cajones y escarbando como una gallina en el fondo del bolso, sin dejar de chillar:

—¡Mis llaves! ¿Dónde han puesto las llaves?

Se enfadó muchísimo, corrió más que nunca, regañó al más chico, y al atardecer estaba de tan mal humor, que se salía por el techo como un humo denso.

Llavincín tuvo que confesar, muy triste, que había fracasado. Pero en casa, dejó la paciencia...

Tin Maquinín propuso que le dejaran probar segundo. Y esa noche, muy calladito, se coló por la rendija de la puerta, tiró una soga, se subió a cada electrodoméstico y con la punta de un alfiler, se pasó la noche zafando tuercas y cambiando tornillos, mientras todos dormían.

A la mañana siguiente, la familia se desayunó a toda prisa, atragantándose porque el padre entraba a las ocho y eran las siete y media y antes había que llevar a los niños al colegio.

En cuanto salieron el padre y los niños, el horno hizo chir, chir, chirrín y empezó a echar chispas. El lavavajillas, a botar agua, la radio, a chillar como un caos, y no había modo de bajarlo; la maquina de escribir, a teclear por su cuenta, y la de moler carne, a girar que parecía un rehilete. El televisor, repetía "queridos televidentes", "queridos televidentes", un hombre con cara de rayas y cuerpo de puntos, mientras, la lavadora iba cubriéndolo todo con un inmenso mar de espuma.

La madre se echó las manos a la cabeza y ya iba a salir corriendo y gritando socorro cuando –sabrá Dios qué tuerca le apretó Maquinín– recapacitó y se dijo:

—¡Ah, no, no, no, no! ¡A mí sí que no me vuelven loca tres cacharros eléctricos! ¡No señor! —y muy tranquila y sosegada se puso una batica fresca, se sentó a echarse fresco y no se preocupó por nada—. Cuando la familia llegó por la tarde, hablaba despacito, sonreía muchísimo, y hasta jugó con los niños, sin pizca de genio. Al padre le dijo "mi amor" y "mi vida", y que había pasado un día maravilloso oyendo tin, tin, y que lo que tenían que hacer era irse todos a pasar una temporada en Tielve.

Tin Maquinín pensó que había triunfado.

Pero no. El padre se puso color de furia y la llamó loca, irresponsable, botarate, cabeza de mosquito y más vaga que la chaqueta de un guardia.

Tin Maquinín se confesó derrotado. Pero en la casa, dejó el silencio.

Tin Papelín propuso que lo dejaran ir tercero. Por la noche, muy calladito, se coló por la rendija de la puerta, trepó con su cuerda hasta el escritorio, y se escondió tras de un pisapapeles.

Cuando llegó el padre cansado y se puso a contar sus papeles verdes, Tim Papelín sacaba una patica de gnomo y se los revolvía, o salía corriendo y le escondía los recibos, y le susurraba: "Tres y dos son ocho"; "cuatro y cinco son doce"; "diez y siete son veinte", para confundirlo y que no le salieran las cuentas.

—¡A ver si aprendes que el valor de las cosas ni se mide con cifras, ni lo paga el dinero!

Y cuál no sería su alegría cuando a las tres de la madrugada vio que el padre recogió las cuentas y recibos, hizo una loma con ellos y, con mucho método, empezó a romperlos en

pedacitos y a lanzarlos al aire, muy contento, como si fueran confetis.

—¿Ves, Antonio, que necesitas descanso? —dijo la madre que hasta esas horas había estado velándolo—. ¡Mañana mismo nos vamos a Tielve!

Tin Papelín salió corriendo que se mataba y antes que a la familia se le quitara la magia, buscó a los otros, y les dio la buena noticia, los trajo y trabajaron juntos hasta que se caían de sueño. A la mañana siguiente:

Aparecieron las llaves.

Funcionaban todos los electrodomésticos.

Y el escritorio amaneció limpio, ordenado, con las cuentas cuadradas y los pagos hechos.

La familia se fue a Tielve, donde casi no hay luz eléctrica y los caminos los andan los burros y las cabras, cabriolean entre cimas y abismos, y los arroyos parecen saltos de cristal que cantan. Y donde en cada hogar hay lumbre y existen todas las paciencias, y hay gnomos en las cuevas, que enseñan a resistir la prisa de la vida moderna.

Allí, al padre y a la madre se les acabó el mal genio. Los niños se llenaron de campo, canto y feria.

Tin Llavincín, Tin Maquinín y Tin Papelín quedaron en la ciudad para ayudar a otros niños que necesiten de ellos. Y a mí, que los traje de Tielve, a cada rato me roban llaves, me rompen los aparatos eléctricos o me enredan las cuentas.

GLOSARIO

Aldehuelas: aldeas.

Alza, alza: lárgate, lárgate.

Atoran: atascan.

Botar: echar fuera.

Brindado: regalado, invitado.

Bruñir: sacar brillo.

Centavo: céntimo.

Chorro: montón.

Clósets: armarios empotrados.

Comejenes: insecto roedor tropical, pálido, vive en colonias y se alimenta de madera. Termitas.

Coquito acaramelado: coco bañado en caramelo, garrapiñado.

De contra: además de, encima de.

Decir: llamar.

Frazada: manta de cama con mucho pelo.

Gavetas: cajones.

Hacer mil maromas: hacer milagros.

Hendija: rendija.

Holán: tela fina que recibe este nombre por proceder de Holanda.

Lipidia: pesadez, fastidio.

Lonjita: lonchita.

Luis: moneda de oro francesa, aunque también recibían hace años este nombre otras monedas.

Malgeniosas: dadas con mal humor, malhumoradas.

Maní: cacahuete.

Mima: mamá, mami.

Mordida: mordisco.

No se enoje: no se enfade.

Ómnibus: autobús.

Parado: quieto, de pie.

Peso: nombre de la moneda en varios países sudamericanos como Colombia, Cuba, Chile, Méjico, República Dominicana y Ecuador.

Polainas: especie de media que puede ser hecha de tela o cuero, y que llega hasta las rodillas.

Rabiparado: de rabo tieso.

Rehilete: molinillo de viento.

Rubianca: de pelo tirando a rubio.

Sato: callejero.

Velorio: velatorio.

Vieja: madre.

Zafando: aflojando, liberando.

Zonzo: tonto, bobo, disparatado.